할미꽃

글 신현배 ㅣ 그림 윤지현

아주 먼 옛날, 한 할머니가 손녀 셋을 데리고 가난하게 살았어요.
큰손녀와 둘째 손녀는 심술이 많고 샘을 잘 부려
서로 티격태격* 잘 싸웠어요.
하지만 막내 손녀는 언니들과는 달리 마음씨가 곱고 착했어요.
할머니는 손녀들을 금이야 옥이야 열심히 키웠어요.

*티격태격 : 서로 뜻이 맞지 않아 이러니저러니 시비하는 모양.

4

어느덧 세 손녀는 예쁘게 자라 시집 갈 나이가 되었지요.
"나는 떵떵거리며 사는 대감* 집에 시집을 가고 말 테야."
큰손녀는 늘 입버릇처럼 말했어요.
그런데 어느 날, 큰손녀는 대감 집 아들에게
정말로 청혼을 받았어요.
큰손녀는 기쁜 마음으로 대감 집 며느리가 되었어요.

*대감 : 조선 시대 때 정2품 이상의 관리를 높여서 부르는 말.

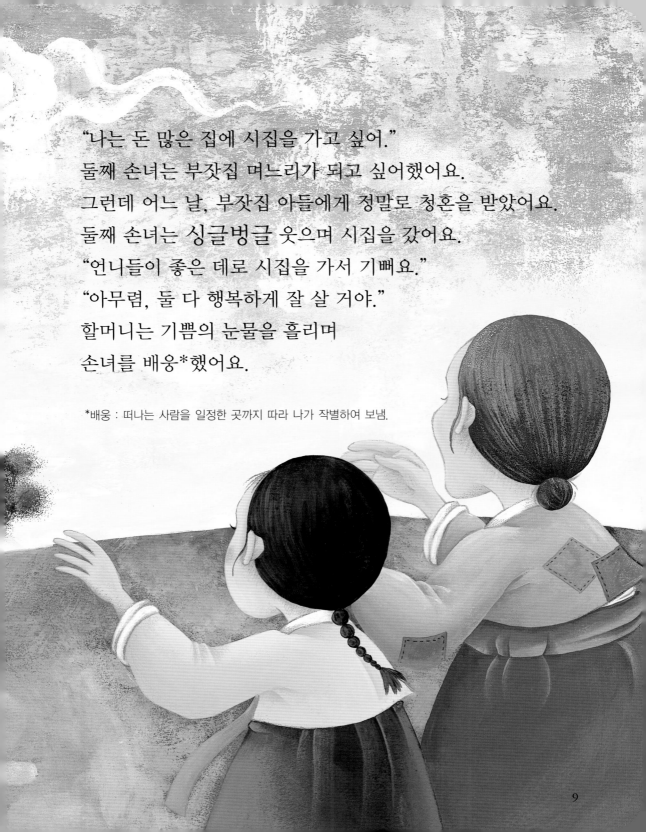

"나는 돈 많은 집에 시집을 가고 싶어."
둘째 손녀는 부잣집 며느리가 되고 싶어했어요.
그런데 어느 날, 부잣집 아들에게 정말로 청혼을 받았어요.
둘째 손녀는 싱글벙글 웃으며 시집을 갔어요.
"언니들이 좋은 데로 시집을 가서 기뻐요."
"아무렴, 둘 다 행복하게 잘 살 거야."
할머니는 기쁨의 눈물을 흘리며
손녀를 배웅*했어요.

*배웅 : 떠나는 사람을 일정한 곳까지 따라 나가 작별하여 보냄.

막내 손녀와 할머니는 오순도순 단둘이 살았어요.
그러다가 막내 손녀도 시집을 가게 되었어요.
고개 너머 가난한 나무꾼*의 집이었어요.
"할머니, 제가 떠나면 혼자 어떻게 사세요?"
"걱정하지 마라. 잘 사는 네 언니들이 있지 않니?
더 늙고 힘들어지면 틀림없이 도와 줄 거야."
할머니는 오히려 가난한 집으로 시집을 가는
막내 손녀가 불쌍하고 안쓰러웠어요.

*나무꾼 : 땔감으로 쓸 나무를 베어 파는 사람.

10

세월이 흘러 할머니는
더 늙고 병까지 들었어요.
'죽기 전에 손녀들 얼굴이나
한번 봤으면 좋으련만…….'
손녀들을 몹시 그리워하던 할머니는 집을 나섰어요.
할머니의 짐이라곤 남루한* 보따리와
지팡이 하나가 고작이었어요.

*남루하다 : 옷 따위가 때 묻고 해어져 너절하다.

12

할머니는 먼저 큰손녀네 집을 찾아갔어요.
높은 대감 집답게 으리으리하고
번쩍번쩍한 기와집이었어요.
할머니는 대문을 쿵쿵 두드렸어요.
그러자 집 안에서 하인이 나와
퉁명스럽게 물었어요.
"할머니는 누구세요?"
"이 집 며느리가 내 큰손녀라오.
할머니가 왔다고 전해 주구려."

큰손녀는 할머니를 보자마자 얼굴을 확 찌푸렸어요.
"아이고, 애야. 그 동안 잘 지냈니?"
할머니는 반가운 마음에 큰손녀의 손을 덥석 잡았어요.
하지만 큰손녀는 할머니의 손을 매몰차게* 뿌리치며
하인에게 크게 소리쳤어요.
"거지 할머니를 집 안으로 들여보내면 어떻게 해!"

*매몰차다 : 인정이나 붙임성이 없이 아주 쌀쌀맞다.

혼이 난 하인은 화를 내며 할머니를
대문 밖으로 멀리 쫓아 냈어요.
"에잇, 거지 할멈이었잖아. 어서 썩 사라져요!"
할머니는 눈물을 흘리며 돌아섰어요.
'내 모습이 초라해서 모른 척하는구나.'

할머니는 둘째 손녀네 집을 찾아갔어요.
둘째 손녀는 뾰로통한* 얼굴로 할머니를 맞이했어요.
"무슨 일로 우리 집에 오셨어요?"
"응, 그냥 네 얼굴이 보고 싶어서……."
둘째 손녀의 쌀쌀맞은 태도에
할머니는 어두운 얼굴로 말끝을 흐렸어요.

*뾰로통하다 : 얼굴에 불만을 잔뜩 품은 기색이 있다.

20

"할머니, 거짓말 마세요.
우리 집에 눌러 앉으려고 찾아오신 거죠?"
둘째 손녀는 할머니를 쏘아보다가, 집 안에 있는
남편에게 큰 소리로 말했어요.
"여보, 할머니가 우리 집에서 사시겠대요."
"말도 안 돼! 당신한테는 큰언니가 있잖아.
그런데 왜 우리가 할머니를 모셔?"
둘째 손녀사위는 할머니를 보러 나오지도 않았어요.

할머니는 고개를 흔들며 쓸쓸히 발길을 돌렸어요.
'그래, 손녀들이 잘 살고 있는 모습을 봤으니
이제 됐어. 나를 모른 척하는 데에는
사정이 있었을 거야.'
할머니는 뜨거운 눈물을 흘리며 생각했어요.
'막내한테 가자. 틀림없이 나를 반겨 줄 거야.'
할머니는 고개 너머에 사는 막내 손녀네 집에
가기로 마음먹었어요.

할머니는 꼬부랑 고개*를 넘고 또 넘었어요.
할머니는 마지막 힘까지 가까스로 내어
마침내 막내 손녀네 집이 바라다보이는
언덕까지 내려왔어요.
"후유, 이제 다 왔구나. 막내야, 할미가 왔다!"
하지만 그 순간 할머니는 차디찬 흙 위에
털썩 쓰러지고 말았어요.
그리고 그 자리에서 영영 일어나지 못했어요.

*꼬부랑 고개 : 꼬부라진 고개.

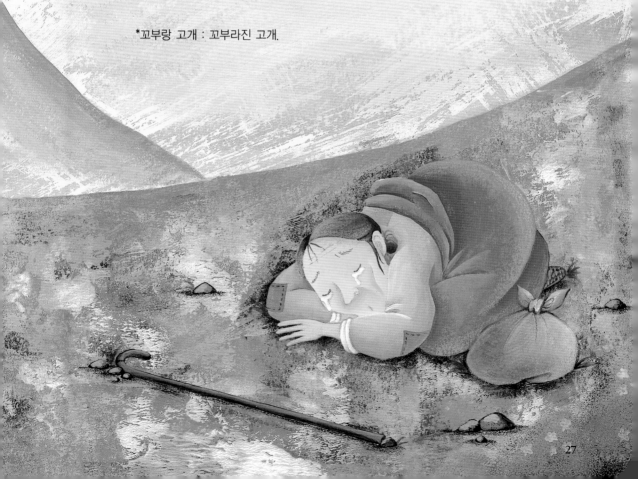

쓰러져 있는 할머니를 발견한 것은
막내 손녀사위였어요.
아침에 나무를 팔러 장에 갔다가
저녁때 집으로 돌아오는 길이었지요.
"할머니, 할머니. 정신 차리세요!"
막내 손녀사위는 눈물을 흘리며
할머니의 몸을 흔들었어요.
하지만 할머니는 끝내 눈을 뜨지 못했어요.

막내 손녀는 돌아가신 할머니의 모습을
보고 울음을 터뜨렸어요.
"할머니, 용서해 주세요.
저희가 모시고 살았어야 했는데……."
착한 막내 손녀 부부는
양지바른* 언덕에 할머니를 묻어 드렸어요.
그 뒤 할머니의 무덤에는
할머니를 닮은 구부정한 꽃이 피어났어요.
사람들은 이 꽃을 '할미꽃'이라고 불렀답니다.

*양지바른 : 땅이 햇빛을 잘 받는.

할미꽃

내가 만드는 이야기

아이들이 들려 주는 이야기를 들어 본 적이 있나요?

그 이야기 속에는 아이들의 무한한 상상력과 창의력이 담겨 있음을 발견하게 될 것입니다.

번호대로 그림을 보면서 앞에서 읽었던 내용을 생각하고,

아이들만의 상상력과 창의력이 표현된 이야기를 만들어 보게 해 주세요.

할미꽃

옛날 옛적 할미꽃 이야기

〈할미꽃〉은 여러해살이풀인 할미꽃에 얽힌 전설 이야기입니다. 할미꽃은 무덤 가에서 키 작은 풀들과 어울려서 자라는데, 꽃봉오리를 땅으로 향하고 있어서 마치 허리가 구부러진 할머니의 모습을 닮았습니다.

할미꽃은 한자로 '백두옹' 이라고 하는데, 머리가 하얀 노인이라는 뜻입니다. 이 것은 꽃이 지고 난 뒤 생겨난 씨에 솜털 같은 흰 털이 솟아나 잔 바람에도 하늘거리 는 모습이, 마치 흰 수염이 가득한 노인의 머리 모양을 닮았다고 해서 붙여진 이름 입니다. 할미꽃을 백두옹으로 부르게 된 데에는 다음과 같은 전설이 전해져 옵니다.

옛날 어느 마을에 한 젊은이가 배가 몹시 아팠습니다. 젊은이는 급히 의원에게 갔지만 의원이 없어서 어쩔 수 없이 집으로 돌아오다가 지팡이를 짚은 머리가 하얀 노인을 만났습니다. 노인은 '이 풀의 뿌리를 캐서 먹으라.' 고 말하였고, 젊은이는 노인이 준 풀의 뿌리를 캐서 세 번을 먹고 배가 아픈 것이 나았습니다. 그 뒤로 젊 은이는 마을에서 배가 아프고 설사하는 사람이 있으면 그 풀을 캐어 아픈 사람에게 주었습니다. 젊은이는 백발 노인에게 감사 인사를 하고 싶어 처음 노인을 만났던 장소에 가 보았지만 만날 수가 없었습니다. 그러던 어느 날, 젊은이는 털이 하얗게 달린 풀이 바람에 이리저리 날리는 것을 보았는데, 그 모양이 마치 백발 노인 같았 습니다. 젊은이는 그 노인이 신선이라는 것을 깨닫고, 여러 사람에게 이것을 기억 할 수 있도록 하기 위해 약초 이름을 '백두옹' 이라고 지었다고 합니다.

▲ 봄에 꽃이 피는 할미꽃.